Mon carnet de lectures

6e

Claire Montanari

Agrégée et docteure en Lettres modernes
Collège Molière
Chennevières-sur-Marne (94)

- Prénom : ....
- Nom : ....
- Année : ....

Éditions maison des langues

Sommaire

Mes objectifs de lecture

Mes activités pour me souvenir des livres lus

Utilise ces activités dans l'ordre que tu souhaites.

Histoire littéraire et mes coups de cœur

Conception éditoriale : Akyz
Édition : Faustine Perrouault, Elsa Rimaniol
Couverture : endoradisseny
Maquette intérieure : endoradisseny, Yves Tremblay

MIXTE
Papier issu de sources responsables
FSC® C166477

ISBN : 978-2-35685-890-0

Crédits

Illustrations Adobe Stock **Couverture :** Hanna Syvak ; Erica Guilane-Nachez ; blagorodez ; Happypictures ; tanya ; Morphart ; Hanna Syvak ; Bahauaddinbek ; Diana ; ssstocker **p.3 :** Hanna Syvak **p.4 :** Pavlo ; Your Local Llamacorn ; topvectors **p.7 :** Your Local Llamacorn **p.8 :** Pavlo ; ValGraphic **p.9 :** AAVAA ; **p.10 :** endstern **p.11 :** Paper Trident **p.12 :** Marina Draws, Tartila **p.16 :** Paper Trident ; **p.18 :** katerinas39 **p.20** : clelia-clelia **p.21 :** chekman **p.22 :** Vitaliy ; Marharyta ; **p.23 :** Good Studio **p.25 :** Paper Trident **p.26 :** Hi Na ; Nobu Yorkie **p.27 :** top dog **p.28 :** Erica Guilane-Nachez ; GeoM **p.30 :** Good Studio **p.32 :** Bahauaddinbek ; **p.39 :** inspiring.team **p.40 :** Tartila **p.43 :** katerinas39 **p.45 :** Anna Kutukova **p.49 :** WinWinFolly.

Illustrations iStock **Couverture :** Bigmouse108 **p.0 :** Aluna1 **p.8 :** Sudowoodo **p.14 :** calvindexter ; Marina Dekhnik **p.18 :** lemono **p.24 :** Iefym Turkin ; Sudowoodo **p.27 :** THP Creative **p.29 :** heraldodelsur ; Rudzhan Nagiev **p.30 :** ONYXprj **p.31 :** lemono ; draco77 **p.32 :** Vera Sever **p.33 :** ilbusca **p.34 :** lemono **p.35 :** NastyaTsy ; Anna Bova **p.36 :** Northern Owl ; Nadiinko ; Viktoryia Yakubouskaya **p.37 :** ONYXprj **p.38 :** lemono ; Sudowoodo **p.40 :** Maksym Rudoi **p.41 :** Nadezhda Kurbatova **p.43 :** Bella_Boeva **p.44 :** insemar ; jemastock **p.45 :** duncan1890 ; Bigmouse108 ; Andrew_Howe **p.46 :** GennadiiKorchuganov **p.47 :** Taka Iqbal Prakasa ; ONYXprj ; Paper Trident **p.48 :** Dimitris66 ; Kateryna Firsova.

p.33 : Pieter Brueghel l'Ancien, *La Tour de Babel* (détail), v. 1563, musée d'Histoire de l'art de Vienne (Autriche) – BNF.

Note ce que tu aimes lire

Mes lectures favorites

- [ ] manga
- [ ] BD
- [ ] roman
- [ ] nouvelle
- [ ] documentaire
- [ ] poésie
- [ ] paroles de chanson
- [ ] magazine
- [ ] théâtre

Mes sujets préférés

- [ ] policier
- [ ] humour
- [ ] aventure
- [ ] fiction
- [ ] horreur
- [ ] amitié
- [ ] histoire

Mes habitudes de lecture

- [ ] plusieurs fois par mois
- [ ] plusieurs fois par semaine
- [ ] tous les jours

Le livre que j'ai lu plusieurs fois ....

Le livre que je n'ai jamais fini : ....

Choisis tes défis pour cette année !

- Je voudrais lire ...... romans. Je voudrais lire ...... bandes dessinées.
- Je voudrais lire un livre de plus de ☐ 200 pages ☐ 400 pages ☐ 600 pages.
- Je voudrais m'abonner à ....
- Je voudrais lire chaque jour ...... minutes.

Lecture 1

J'AI LU
LES PREMIÈRES
PAGES
1 À ….. .

Titre de l'œuvre : ………………………………………………

Nom de l'autrice/auteur : ………………………………………

Colorie la période évoquée dans le livre.

Antiquité	Moyen Âge	XVIe - XVIIIe siècles	XIXe siècle
XXe siècle	XXIe siècle	dans le futur	période indéterminée

J'ai rencontré les personnages suivants :

1. ………………………………………………
2. ………………………………………………
3. ………………………………………………

Je pense que le personnage principal sera le numéro ……… .

Surligne quatre adjectifs qui qualifient le personnage principal.

rusé
courageux
naïf
curieux
impatient
modeste
bienveillant
orgueilleux
calculateur
drôle
égoïste
sympathique
imprévisible

J'AI LU
PAGE
.... À .... .

Note trois aventures ou anecdotes vécues par le héros ou l'héroïne.

1.

....

....

....

....

2.

....

....

....

....

3.

....

....

....

....

Écris un mot dont tu veux te souvenir : ....

J'AI LU PAGE .... À .... .

Ton héros/héroïne a avalé une potion d'oubli : aide-le/la à se souvenir de ce qui s'est passé en entourant des verbes ci-dessous. Tu peux ajouter un numéro pour les mettre dans l'ordre de l'histoire.

.... grimper

.... ramper

.... avancer

.... parler

.... combattre

.... reculer

.... voyager

.... descendre

.... fuir

.... monter

.... trouver

.... chercher

.... attendre

.... courir

.... sauter

.... écrire

.... tomber

.... duper

.... réfléchir

.... se cacher

.... aider

.... marcher

.... demander

.... poursuivre

.... tenir

J'AI FINI MON LIVRE.

Écris à l'autrice ou l'auteur ce que tu as aimé et ce que tu as moins aimé à propos de son roman.

....

....

....

....

....

....

À ...., le ....

....................................,

....

....

....

....

....

....

....

....

....

....

....

Note les mots que tu as appris durant ta lecture :

....

As-tu aimé ce livre ?

☆☆☆☆☆

Lecture 2

J'AI LU
LES PREMIÈRES
PAGES
1 À ……

Titre de l'œuvre : ……………………………………………

Nom de l'autrice/auteur : ……………………………………………

Colorie la période évoquée dans le livre.

Antiquité	Moyen Âge	XVIe – XVIIIe siècles	XIXe siècle
XXe siècle	XXIe siècle	dans le futur	période indéterminée

Surligne les éléments qui pourraient décrire le personnage principal.

Cheveux : blonds, bruns, châtains, roux, lisses, ondulés, frisés, autre : ……………………

Yeux : bleus, verts, marron, gris, noirs, autre : ……………………

Nez : fin, aquilin, épaté, retroussé, pointu, crochu, autre : ……………………

Oreilles : petites, grandes, décollées, pointues, percées, poilues, autre : ……………………

Bouche : fine, charnue, pulpeuse, pincée, étroite, large, tombante, autre : ……………………

Sourcils : broussailleux, fournis, fins, épais, absents, écartés, resserrés, autre : ……………………

Dessine-le ensuite tel que tu l'imagines !

J'AI LU
PAGE
.... À .... .

Comment souhaiterais-tu que le récit se poursuive ?

Mon personnage

....

....

Quel danger pourrait survenir ?

....

....

....

....

Où cela pourrait-il se passer ?

....

....

....

Qui pourrait l'aider ?

....

....

Qui pourrait s'opposer à lui ?

....

....

....

Quelle solution trouvera-t-il ?

....

....

....

....

Écris un mot dont tu veux te souvenir :

....

J'AI LU
PAGE
.... À .... .

Indique, dans le nuage, les défauts du personnage principal et, dans le soleil, ses qualités.

patient
passionné
téméraire
brave
sympathique
sociable
hypocrite
égoïste
désagréable
autonome
sensible
négligent
agressif
intelligent
naïf
curieux
doux
adroit
efficace
gauche
persévérant
perspicace
cruel
pointilleux
intègre
calme
juste
rigoureux
pacificateur

J'AI FINI MON LIVRE.

Retrouve la structure de l'histoire.

Situation initiale

Élément déclencheur

Péripéties

Dénouement

Situation finale

As-tu aimé ce livre ?

Note les mots que tu as appris durant ta lecture :

Lecture 3

J'AI LU
LES PREMIÈRES
PAGES
1 À ....

Titre de l'œuvre : ....

Nom de l'autrice/auteur : ....

Colorie la période évoquée dans le livre.

Antiquité	Moyen Âge	XVIe – XVIIIe siècles	XIXe siècle
XXe siècle	XXIe siècle	dans le futur	période indéterminée

Ce personnage a été ensorcelé. Aide-le à passer par tous les adverbes pour rejoindre le magicien qui pourra le guérir. Attention aux pièges !

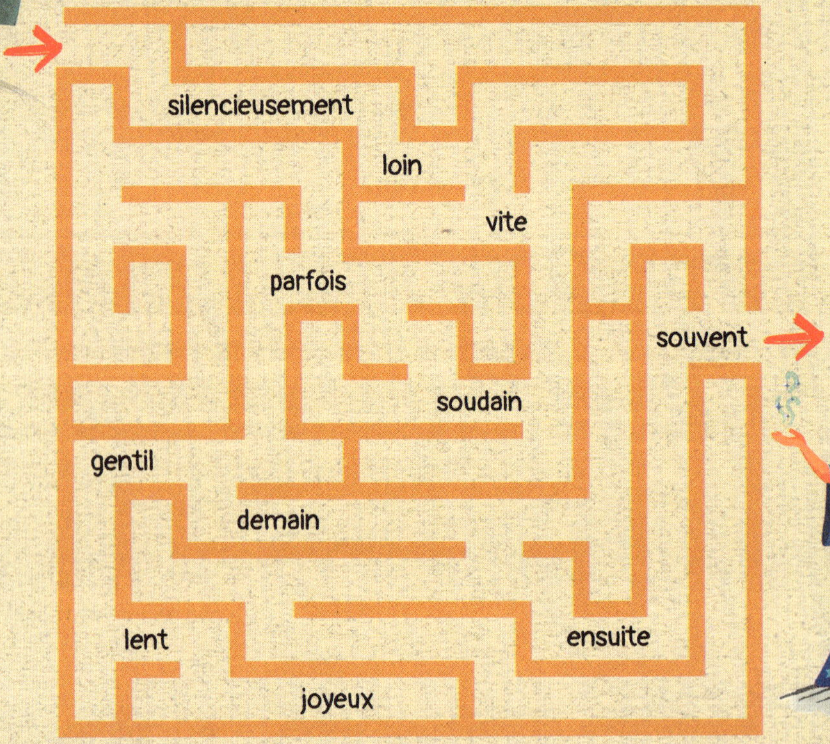

J'AI LU
PAGE
.... À .... .

Écris un télégramme au héros de ton roman pour le prévenir de futures rencontres, agréables ou non. Utilise les adverbes du labyrinthe pour t'aider.

Un télégramme permet de correspondre à de grandes distances avec rapidité.
Les messages sont courts, ponctués du mot « STOP ».
Ex. : ATTENTION À SORCIÈRE – STOP – VITE SE CACHER DANS FORÊT – STOP –.

DATE	TÉLÉGRAMME	LIEU

Écris un mot dont tu veux te souvenir : ....

J'AI LU
PAGE
.... À ....

Note chaque sentiment au fur et à mesure de ta lecture : tu peux expliquer en une phrase pourquoi tu l'as ressenti.

LA PEUR

L'AMUSEMENT

L'ÉTONNEMENT

L'INQUIÉTUDE

LA TRISTESSE

L'AGACEMENT

LA COLÈRE

LE DÉGOÛT

L'ÉMERVEILLEMENT

J'AI FINI MON LIVRE.

Tisse les liens (familiaux, amicaux...) qui réunissent l'héroïne ou le héros avec les autres personnages de ton livre.

Note les mots que tu as appris durant ta lecture.

....

As-tu aimé ce livre ?

Lecture 4

J'AI LU
LES PREMIÈRES
PAGES
1 À.... .

Titre de l'œuvre : ....

Nom de l'autrice/auteur : ....

Colorie la période évoquée dans le livre.

Antiquité	Moyen Âge	XVIe - XVIIIe siècles	XIXe siècle
XXe siècle	XXIe siècle	dans le futur	période indéterminée

Raconte le début du livre. Aide-toi de ces adjectifs.

périlleux, rassurant, énigmatique, dangereux, amical, sombre, lumineux, aride, inquiétant, solitaire, lugubre, hostile, chaleureux, merveilleux, drôle, désertique, imprévisible

J'AI LU
PAGE
.... À .... .

Quelles seraient les conditions pour que le personnage principal de ton roman vienne chez toi ? Complète ces trois phrases.

Ex. : Si tu voulais venir chez moi, tu devrais laisser ton dragon devant la porte...

Si tu voulais venir chez moi, tu ....

....

Si tu voulais venir chez moi, tu ....

....

Si tu voulais venir chez moi, tu ....

....

Écris un mot dont tu veux te souvenir : ....

J'AI LU PAGE .... À ....

À quels films ou séries, associes-tu le livre que tu es en train de lire ?
Colle ou dessine les affiches ci-dessous.

J'AI FINI MON LIVRE.

Complète une planche de BD pour raconter le passage de ta lecture que tu as préféré.

Note les mots que tu as appris durant ta lecture :

....

As-tu aimé ce livre ?

Lecture 5

Titre de l'œuvre : ....

Nom de l'autrice/auteur : ....

Glisse les objets importants du récit dans la boîte mystère.

Retrouve au moins quatre adjectifs dans cette grille.

Le(s)quel(s) correspond(ent) à la personnalité du personnage principal ?

Y	E	I	C	F
P	B	W	A	I
D	R	O	L	E
E	A	U	M	R
T	V	A	E	E
T	E	T	U	E

Trace le parcours du héros ou de l'héroïne sur la carte.

Note les mots que tu as appris durant ta lecture :

As-tu aimé ce livre ?

Lecture 6

Titre de l'œuvre : ....

Nom de l'autrice/auteur : ....

Qu'as-tu en commun avec le personnage principal ?
Entoure ou complète.

VS

QUALITÉS	DÉFAUTS
rusé	impatient
intelligent	insolent
courageux	désobéissant
attentif aux autres	colérique
généreux	jaloux
créatif	orgueilleux

LIEU D'HABITATION : ville campagne mer montagne île immeuble maison

SITUATION FAMILIALE : ....

ÂGE : plus jeune du même âge plus âgé

LOISIRS ou PASSIONS : ....

....

Quelle musique as-tu aimé écouter lors de ta lecture ?

Pour conclure ta lecture, complète ce schéma.

Quête

....

....

Adjuvant
(aidant)

....

....

....

Sujet
(héros)

....

....

Opposant
(adversaire)

....

....

....

Écris un mot qui t'a amusé et dont tu veux te souvenir :

....

As-tu aimé ce livre ?

Lecture 7

Titre de l'œuvre : ....

Nom de l'autrice/auteur : ....

Dessine ce que l'héroïne ou le héros ressent.

timide · triste · en colère · apeuré · joyeux · moqueur · assuré · émerveillé

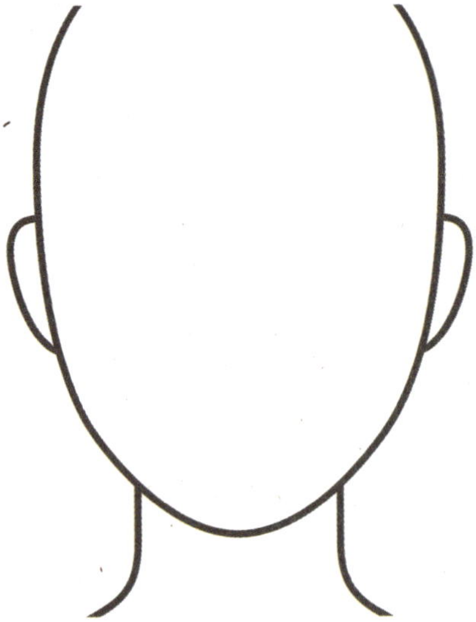

À quel moment le personnage a-t-il cette expression ?

Page ...., lignes : .... à .... quand ....

....

Fais le croquis d'un lieu de l'intrigue.
Dessine des flèches sur chaque élément que tu as dessiné et écris à quoi ils correspondent en te servant des mots du livre.

Si tu pouvais choisir la suite de l'histoire, que souhaiterais-tu ?

Note les mots que tu as appris durant ta lecture :

As-tu aimé ce livre ?

Lecture 8

Défi : Trouve les 12 mots interrogatifs dans la grille !

- combien
- comment
- laquelle
- lequel
- pourquoi
- où
- quand
- que
- quel
- quelle
- quels
- qui

P	C	O	M	M	E	N	T
P	O	U	R	Q	U	O	I
L	M	Q	C	U	Q	Q	Q
E	B	U	P	A	U	U	U
Q	I	E	O	N	I	E	E
U	E	L	Ù	D	T	L	L
E	N	S	Q	U	E	V	L
L	A	Q	U	E	L	L	E

Que voudrais-tu demander à l'héroïne ou au héros sur la suite du roman ? Formule tes interrogations !

TOP SECRET

DANGER DANGER DANGER DANGER DANGER

Créer le suspens !

Écris cinq rebondissements de ton livre que tu ne dois absolument pas révéler à tes camarades.

1. ....
....
....

2. ....
....
....

3. ....
....
....

4. ....
....
....

5. ....
....
....

Note les mots que tu as appris durant ta lecture :
....

As-tu aimé ce livre ?

☆☆☆☆☆

L'Antiquité

MONDE GREC

Vers -1800	Vers -800	Vers -600	Vers -500	Vers -200	Vers -150
L'Épopée de Gilgamesh	*Odyssée* *Iliade* Homère	*Fables* Ésope	*Héraclès et le lion de Némée* (poterie)	*La Comédie de la marmite* Plaute	*La Vénus de Milo* (statue)

L'Antiquité correspond à une très longue période qui va de la fin de la Préhistoire jusqu'en 476 (chute de l'Empire romain d'Occident). Elle s'applique à un espace géographique : le pourtour méditerranéen.

Des épopées fondatrices

* Les épopées sont de longs récits versifiés, transmis oralement, célébrant les exploits d'un peuple ou d'un héros mythique.
* La première version connue de l'*Épopée de Gilgamesh* a été rédigée avec des caractères cunéiformes sur des tablettes d'argile entre le XVIIIe et le XVIIe siècle avant J.-C. Gilgamesh, roi d'Uruk (ville située en actuelle Irak), rencontre Utanapishtî qui lui fait le récit d'un déluge auquel il a survécu en construisant un bateau. On retrouve ce thème, plus tard, dans la Bible, les *Métamorphoses* et le Coran.
* L'*Iliade* et l'*Odyssée* sont deux grands récits épiques. Ils ont été composés en grec ancien au VIIIe siècle avant J.-C. par **Homère**, aède dont l'existence est parfois mise en doute. L'*Iliade* – dont le titre vient d'Ilion, qui signifie « Troie » – raconte une partie de la guerre de Troie. L'*Odyssée* raconte le retour d'Ulysse dans son île, Ithaque.

* L'*Énéide* a été composée au Ier siècle avant J.-C. par un poète latin, **Virgile** : il choisit pour héros un survivant troyen de la guerre de Troie, Énée, qui fonde dans le Latium (actuelle région de Rome) une nouvelle ville.

EMPIRE ROMAIN

Vers -90	**Vers -20**	**Vers 8**	**Vers 40**	**Vers 111**	**Vers 260**
toire romaine	*Énéide*	*Métamorphoses*	*Fables*	*Lettres*	*Ulysse et les Sirènes*
Tite-Live	Virgile	Ovide	Phèdre	Pline Le Jeune	(mosaïque)

Poésie et fables

* Dans la mythologie grecque, **Orphée** représente le premier poète : désespéré par la mort de sa femme, Eurydice, il émeut Cerbère, gardien des enfers, en jouant de la lyre.
* On attribue de nombreuses fables du VIe siècle avant J.-C. à **Ésope**, conteur grec, célèbre pour ses brefs récits mettant en scène des animaux. Rédigées en prose, elles proposent des morales variées. Au Ie siècle après J.-C., **Phèdre** reprend ses fables en les réécrivant en vers latins.
* À la même époque, le poète latin **Ovide** compose les *Métamorphoses*. Il s'agit d'un long poème de 12 000 vers qui parcourt l'ensemble de la mythologie grecque et romaine. Le poète met l'accent sur les métamorphoses des humains aux prises avec les dieux.

Le théâtre

* Dès le Ve siècle avant J.-C., le théâtre est lié à des célébrations religieuses. Les auteurs de tragédie les plus célèbres sont les grecs **Eschyle**, **Sophocle** et **Euripide**.
* En Grèce antique, **Aristophane**, écrit des comédies : Les Oiseaux, L'*Assemblée des femmes* (pièce dans laquelle des femmes prennent le pouvoir à Athènes)... Les pièces de l'auteur latin **Plaute** inspireront Molière, qui reprendra *La Comédie de la marmite* pour composer sa célèbre pièce *L'Avare*.

Les arts de l'Antiquité

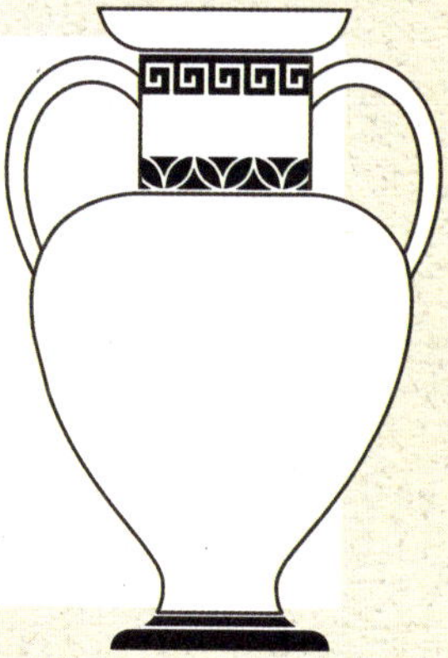

* Le palais de Khorshabad (situé en actuelle Irak) témoigne de la puissance de la culture assyrienne au Ier millénaire avant J.-C. Le palais du Louvre en conserve de nombreux vestiges.
* Grecs et Romains maîtrisent l'art de la mosaïque, de la fresque ou de la poterie pour représenter les scènes de la mythologie ou de la vie quotidienne.

L'épopée

- Période historique
  - Antiquité
  - Moyen Âge
- Exemples d'épopée
- Figures de style

- Héros ……………………………………
  - Aidé par
  - Quête
  - Qualités
  - Défauts

Titre : ……………………………………………

Autrice/auteur : ……………………………………

coup de cœur

Épopée

Mets-toi à la place d'un héros grec ou latin et formule des phrases qui débutent par « Si… ».

Ex. : Si je n'étais pas allé combattre à Troie, je n'aurais jamais quitté Pénélope et mon fils Télémaque.

Si… ……………………………………………
……………………………………………
……………………………………………

Quels ingrédients ont permis à ton héros de mener sa quête ? Note-les sur le bouclier.

Si… ……………………………………………
……………………………………………
……………………………………………

Si… ……………………………………………
……………………………………………
……………………………………………

Du Moyen Âge au XVIe siècle

MOYEN ÂGE

Vers 740	1066-1082	Vers 1170	Vers 1180	Vers 1250	Vers 1340	Vers 1400	1475	Vers 1485
Kalila et Dimna Ibn al-Muqaffa'	*La Tapisserie de Bayeux* (broderie)	*Fables* Marie de France	*Le Roman de Renart*	*La vieille qui graissa la patte au chevalier*	*Lancelot du Lac* (enluminure)	*Les Cent Ballades* Christine de Pisan	*Apollon et Daphné* Antonio Pollaiolo (peinture)	*La Farce de Maître Pathelin*

Le Moyen Âge débute à la chute de l'Empire romain d'Occident (476). Il est marqué par l'apparition de la féodalité et la puissance de l'Église. Le latin est la langue savante. Les premiers textes littéraires écrits en langue romane paraissent aux IXe et Xe siècles. En 1539, l'ordonnance de Villers-Cotterêts définit le français comme langue nationale.

Les récits de chevalerie

* Les « chansons de geste » sont des épopées médiévales célébrant les exploits (*gesta* signifie « hauts faits » en latin) de chevaliers exemplaires. La plus célèbre est la *Chanson de Roland*.
* L'idéal de l'amour courtois met en scène des chevaliers alliant sens de l'honneur et noblesse des sentiments. Les romans de **Chrétien de Troyes**, s'appuyant sur la légende du roi Arthur, célèbrent les valeurs de la chevalerie. On trouve la même inspiration courtoise dans les *Lais* de **Marie de France**.

Les récits comiques, des vers à la prose

* ***Le Roman de Renart***, écrit en octosyllabes entre le XIIe et le XIIIe siècle, est parfois vu comme une parodie des récits de chevalerie : Renart n'obéit pas à son roi, le lion Noble, et trompe son cousin, le loup Ysengrin.
* À la même époque, les **fabliaux**, courts récits en vers, mettent en scène des personnages autoritaires ridiculisés par des gens du peuple plus rusés. Le fabliau « Le vilain mire » inspirera Molière pour écrire *Le Médecin malgré lui*.
* Dès la fin du XVe siècle, la prose devient le moyen d'expression privilégié des récits comiques. **Rabelais** s'inspire de la tradition populaire médiévale et de la pensée humaniste et savante pour écrire *Pantagruel et Gargantua* en 1532 et 1534.

XVIe SIÈCLE

Vers 1490	Vers 1503	1526	1534	1555	1558	1573	1594
La Dame à la licorne (tapisserie)	*La Joconde* Léonard de Vinci (peinture)	*Adam et Ève* Cranach l'Ancien (peinture)	*Gargantua* François Rabelais	*Œuvres* Louise Labé	*Les Regrets* Joachim du Bellay	*Le Printemps* Giuseppe Arcimboldo (peinture)	*Orphée aux enfers* Jan Brueghel l'Ancien (peinture)

Les farces

* Les farces sont de courtes pièces populaires du Moyen Âge. Leur nom viendrait du fait qu'elles « farcissaient » des pièces de théâtre plus sérieuses en servant d'intermèdes légers (*La Farce de maître Pathelin, La Farce du cuvier...*).

Rondeaux, ballades et sonnets

* Au cours du Moyen Âge apparaissent des formes poétiques fixes : le rondeau (court poème fondé sur deux rimes et qui a 15 vers) et la ballade (forme poétique de trois strophes et demi). Elle est souvent utilisée par la poétesse **Christine de Pisan**.
* Au XVIe siècle, les poètes de la Pléiade, réunis autour de **Pierre de Ronsard**, délaissent ces formes médiévales pour se consacrer au sonnet, poème formé de deux quatrains et deux tercets. En 1555, **Louise Labé** réunit ainsi vingt-quatre sonnets dans ses *Œuvres*.

Les arts

* Au Moyen Âge, l'art gothique succède à l'art roman : les arcs-boutants permettent de construire des cathédrales plus élancées, ornées de larges vitraux.
* Les artistes du Moyen Âge, puis du XVIe siècle, représentent souvent des scènes de la Bible. **Bruegel l'Ancien** illustre « La tour de Babel », tandis que **Michel-Ange** peint le plafond de la Chapelle Sixtine. La mythologie grecque et romaine inspire également les artistes de la Renaissance.

Thèmes souvent abordés

Figures de style

Poétesses/poètes

La poésie

Formes

Types de poèmes

Sonorités

Noms des vers

Types de rimes

Titre : ....

Autrice/auteur : ....

coup de cœur

Poésie

Crée un calligramme à partir de ton poème préféré.

Inventé par Guillaume Apollinaire en 1918, un calligramme est un poème dont les vers sont disposés de façon à former un dessin en rapport avec le poème. En voici un exemple :

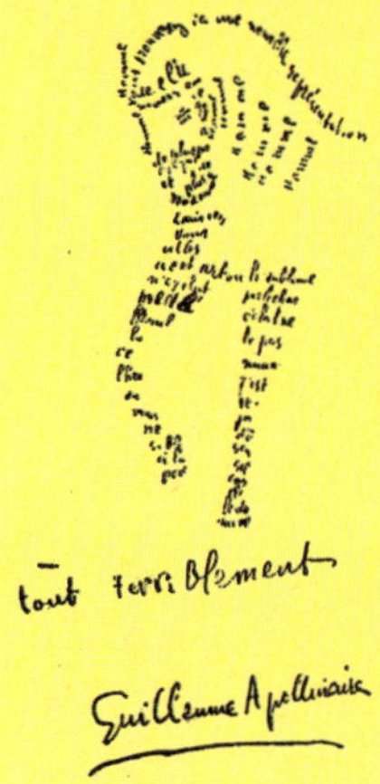

Les XVIIe et XVIIIe siècles

XVIIe SIÈCLE

1622	1633	1666	1668	1674	1682	1697	1698
Apollon et Daphné Le Bernin (sculpture)	*Le Tricheur à l'as de carreau* Georges de La Tour (peinture)	*Le Médecin malgré lui* Molière	*Fables* Jean de La Fontaine	*L'Art poétique* Nicolas Boileau	*Persée* J.-B. Lully (opéra)	*Contes de ma mère l'Oye* Charles Perrault	*Contes de fées* Madame d'Aulnoy

Au XVIIe siècle, Louis XIV, le roi Soleil, renforce le pouvoir royal. Après sa mort, la société évolue lentement. La bourgeoisie est en plein essor. Ses revendications rejoignent celles du peuple, jusqu'à mener, en 1789, à la Révolution française.

L'essor de la comédie

* **Molière**, comédien, auteur et chef d'une troupe de théâtre, obtient la protection de Louis XIV. Dans ses pièces, le dramaturge se moque souvent de la médecine, balbutiante au XVIIe siècle : *Le Médecin volant*, *Le Médecin malgré lui*, *Le Malade imaginaire*.

Fables et contes moraux

* On dit que le XVIIe siècle est le siècle des moralistes, c'est-à-dire des auteurs s'interrogeant sur la morale et le comportement des êtres humains. Fabulistes et conteurs cherchent à faire réfléchir leurs lecteurs.
* **Jean de La Fontaine** s'inspire des auteurs de l'Antiquité pour écrire des fables versifiées. Ces récits, mettant souvent en scène des animaux, comportent une morale et permettent de dénoncer sans subir la censure.
* **Madame d'Aulnoy** contribue à lancer la mode des contes de fées à la fin du XVIIe siècle. On trouve dans ses recueils « L'Oiseau bleu » ou « La Belle aux cheveux d'or ». À la même époque, **Charles Perrault** publie *Les Contes de ma mère l'Oye* : il s'inspire de contes populaires (« La Belle au bois dormant », « Le Petit Chaperon rouge », « Cendrillon »...) et les réécrit en les faisant suivre d'une ou plusieurs morales.
* Au XVIIIe siècle, dans la même veine, **Jeanne-Marie Leprince de Beaumont** publie des contes moraux (« La Belle et la Bête »). Elle cherche à éduquer les enfants, et notamment les filles, en les amusant.

XVIIIe SIÈCLE

1718	1719	1721	1738	1756	1762	1770	1785	1797
Pierrot Antoine Watteau (peinture)	*Robinson Crusoé* Daniel Defoe	*Les Voyages de Gulliver* Jonathan Swift	*L'Enfant au toton* Jean Siméon Chardin (peinture)	*La Belle et la Bête* Madame Leprince de Beaumont	*Orphée et Eurydice* Gluck (opéra)	*La Liseuse* Jean-Honoré Fragonard (peinture)	*Ode à la joie* Friedrich von Schiller	*Polichinelle et Saltimbanques* Tiepolo (peinture)

Les progrès scientifiques

* De nombreux penseurs cherchent à éclairer les esprits en luttant contre l'ignorance. **Denis Diderot** et **Jean Le Rond d'Alembert** publient entre 1751 et 1772 l'*Encyclopédie*, ouvrage collectif qui regroupe des articles de savants, penseurs et écrivains. **Voltaire** écrit sur la littérature et l'histoire ; **Jean-Jacques Rousseau** sur la musique.
* Les récits de voyage suscitent un véritable engouement au XVIIIe siècle. **Daniel Defoe** s'inspire de l'histoire vraie d'un marin, Alexander Selkirk, pour écrire son roman, *Robinson Crusoé*.

Les arts

* Les marines, peintures de scènes maritimes, sont de plus en plus à la mode. **« Le Lorrain »**, **Claude Gellée**, peint « Port de mer au soleil couchant » en 1639. Au XVIIIe siècle, Louis XV charge le peintre **Claude-Joseph Vernet** de représenter tous les ports français.
* **Jean-Baptiste Lully** collabore avec Molière pour créer des comédies-ballets, pièces de théâtre accompagnées de chants et de danse (*L'Amour médecin…*). On leur préfère, au XVIIIe siècle, le genre de l'opéra. **Wolfgang Amadeus Mozart** compose *La Flûte enchantée* en 1791.

Le théâtre

Dramaturges

....

....

....

....

Les différents types de comique

Vocabulaire pour décrire une mise en scène

La scénographie

- Côté cour, côté jardin
- Avant scène, fond de scène
- Rideau, coulisse
- Orchestre, balcon
- Plateau, praticables
- Rampe, projecteur, douche, poursuite

Titre : ....

Autrice/auteur : ....

coup de cœur

Théâtre

Dessine les personnages de la pièce et ajoute les verbes de parole qui leur correspondent le mieux.

vociférer	s'époumonner	s'égosiller
se quereller	interpeller	menacer
héler	clamer	murmurer
rugir	se lamenter	accuser
remercier	supplier	gémir

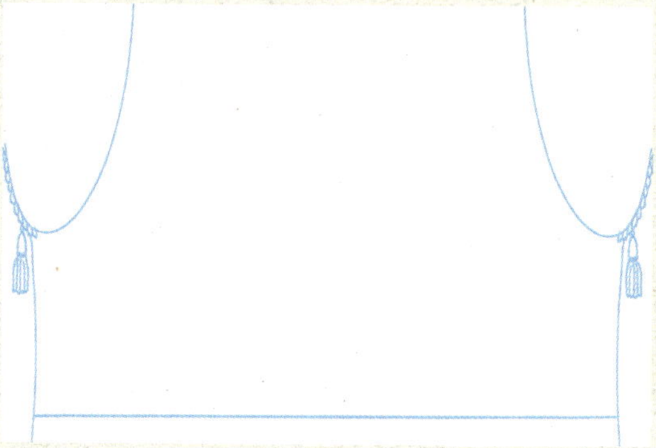

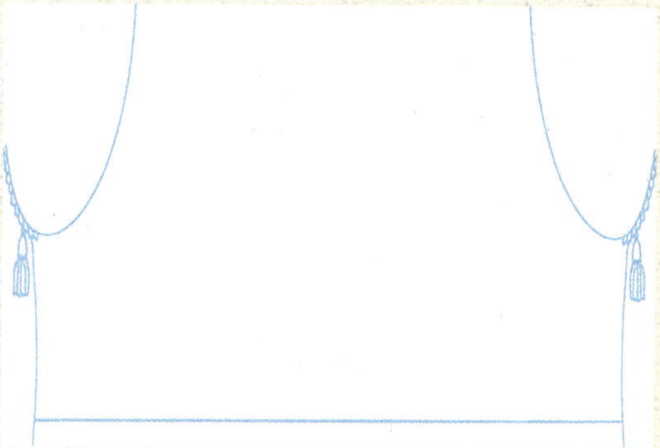

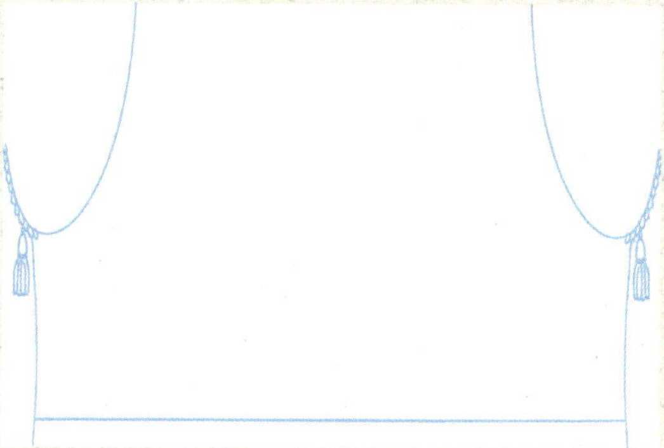

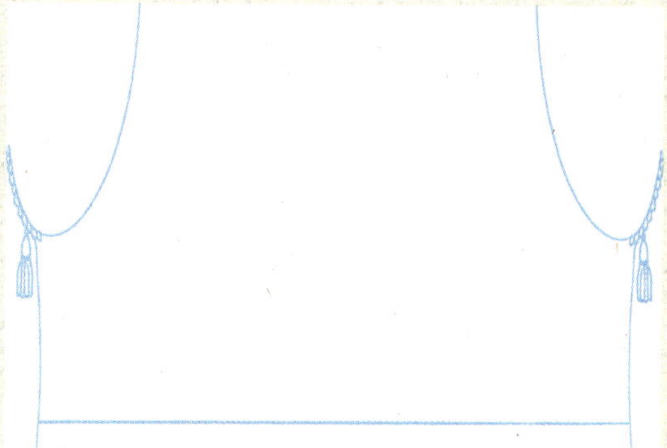

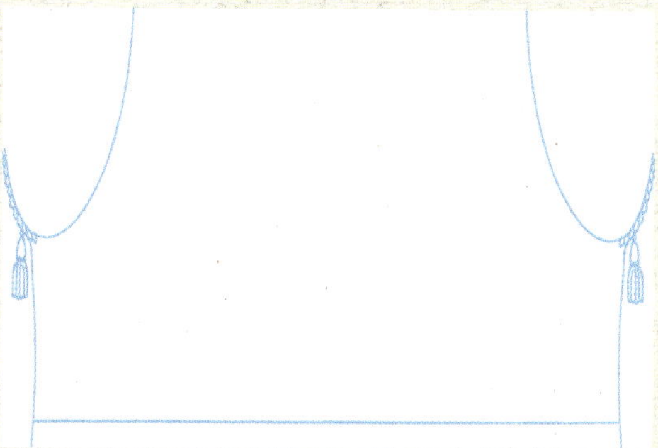

Les personnages

Autrices/auteurs

Les lieux

Le conte

Schéma narratif

Titre : ……………………………………………

Autrice/auteur : ……………………………………

coup de cœur

Conte

Formule des vœux pour ton héroïne ou ton héros. Que lui souhaites-tu ?

Tu auras

……………………………

……………………………

Tu seras

……………………………

……………………………

Tu feras

……………………………

……………………………

Tu affronteras

……………………………

……………………………

Tu iras

……………………………

……………………………

Tu rencontreras

……………………………

……………………………

Tu accompliras

……………………………

……………………………

Tu réussiras

……………………………

……………………………

Tu verras

……………………………

……………………………

Tu célèbreras

……………………………

……………………………

Les XIXe et XXe siècles

XIXe SIÈCLE

- **1812** *Contes* J. et W. Grimm
- **1830** *Poésies* Marceline Desbordes-Valmore
- **1837** *La Petite Sirène* Andersen
- **1856** *Les Contemplations* Victor Hugo
- **1863** *Cinq semaines en ballon* Jules Verne
- **1865** *Alice au pays des merveilles* Lewis Carroll
- **1870** *La Lecture* Berthe Morisot (peinture)
- **1876** *Les Aventures de Tom Sawyer* Mark Twain
- **1883** *L'Île au trésor* Robert Lou Stevensor

Au XIXe siècle, les régimes politiques se succèdent. Les artistes témoignent, dans leurs œuvres, des bouleversements de la société et de l'arrivée de nouveaux progrès scientifiques et techniques.
Le XXe siècle est un siècle de mutation, marqué par les traumatismes des guerres et de la décolonisation. Les relations internationales en sont durablement modifiées.

De nouvelles sources d'inspiration au XIXe siècle

Au début du XIXe siècle, certains auteurs délaissent l'Antiquité, admirée par les classiques, et s'inspirent :

- du Moyen Âge (*Notre-Dame de Paris* de **Victor Hugo** se passe au XVe siècle).
- de l'Orient (**E. Delacroix** peint de nombreuses toiles orientalistes inspirées du Maroc).
- des traditions populaires (Les frères **Grimm** transcrivent des contes dès 1812 ; **George Sand** s'attache à la vie paysanne du Berry dont elle est originaire).

La poésie, de la forme versifiée au vers libre

- Jusqu'à la fin du XIXe siècle, la plupart des poètes composent leurs poèmes en vers réguliers (**Victor Hugo**, **Alphonse de Lamartine**, **Marceline Desbordes-Valmore**).
- **Charles Baudelaire**, puis **Arthur Rimbaud**, écrivent également des poèmes en prose.
- Au début du XXe siècle, certains poètes célèbrent la modernité en s'exprimant en vers libres. **Guillaume Apollinaire** publie *Alcools*, puis *Calligrammes*. **Blaise Cendrars** compose « La Prose du transsibérien et de la petite Jehanne de France », illustrée par **Sonia Delaunay**.

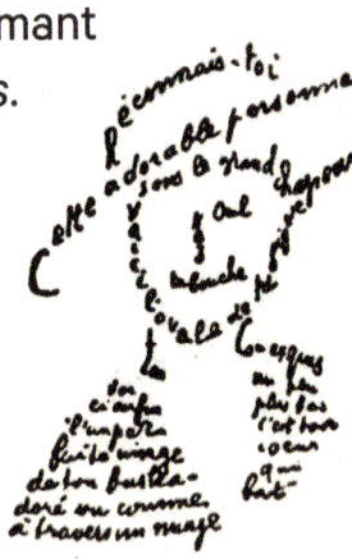

- Né à la fin de la Première Guerre mondiale, le surréalisme accorde beaucoup d'importance au hasard et met en avant l'imaginaire et l'écriture automatique plutôt que la raison. De nombreux poètes s'inspirent du surréalisme avant de s'en éloigner : **Paul Éluard**, **Robert Desnos**, **Jacques Prévert**, **Raymond Queneau**...

XXe SIÈCLE

1918	1943	1961	1963	1978	1985	1996	1997
Calligrammes Guillaume Apollinaire	*Le Petit Prince* Antoine de Saint-Exupéry	*Cent mille milliards de poèmes* Raymond Queneau	*Sa Majesté des mouches* Peter Brook (film)	*Molière* Ariane Mnouchkine (film)	*La Sixième* Susie Morgenstern	*Fêtes et lubies* Andrée Chedid	*Spider* Louise Bourgeois (sculpture)

Des œuvres pour la jeunesse

* Fables et contes sont réédités dans des éditions illustrées : **Gustave Doré** crée ainsi des gravures pour une nouvelle édition des contes de Charles Perrault en 1867.
* Les progrès de l'imprimerie permettent à la fin du XIXe siècle de développer des romans d'aventures destinés aux enfants. Des auteurs inventent de nouveaux héros, des adolescents auxquels les jeunes lecteurs peuvent s'identifier : **Mark Twain**, **Hector Malot**, **Lewis Carroll**…
* Visionnaire, **Jules Verne** s'appuie sur les progrès technologiques du XIXe siècle. Ses romans inspirent les lecteurs : *Le Tour du monde en 80 jours* pousse ainsi la journaliste **Nellie Bly** à faire son propre tour du monde.
* Les œuvres de **la Comtesse de Ségur** ou **Louisa May Alcott** s'attachent à faire réfléchir les lecteurs sur les relations qui se jouent au sein de la famille.
* Des récits d'aventures mettent en scène des héros qui partent vers un ailleurs et se découvrent face à l'adversité : **Antoine de Saint-Exupéry**, **Michel Tournier**, ou **Jean-Marie Gustave Le Clézio**.
* Les univers créés par **J. R. R. Tolkien** (*Le Hobbit*, *Le Seigneur des anneaux*) ou **J. K. Rowling** (*Harry Potter*) fascinent et donnent lieu à des adaptations cinématographiques.

Les arts

* Le cinéma d'animation naît au XXe siècle. Dès 1937, **Walt Disney** adapte *Blanche-Neige*.
* La bande dessinée fait elle aussi son apparition. **Hergé**, **Franquin** et **Goscinny** créent des héros très populaires.

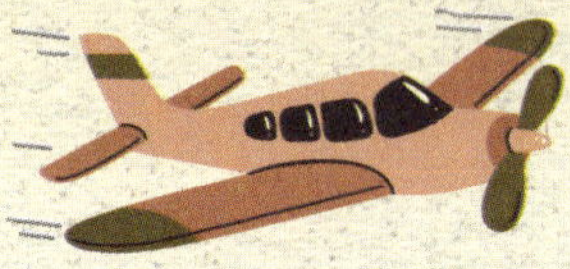

Les personnages

....

....

....

....

Les lieux

....

....

....

Autrices/auteurs

....

....

....

....

Le but

....

....

....

Le récit d'aventures

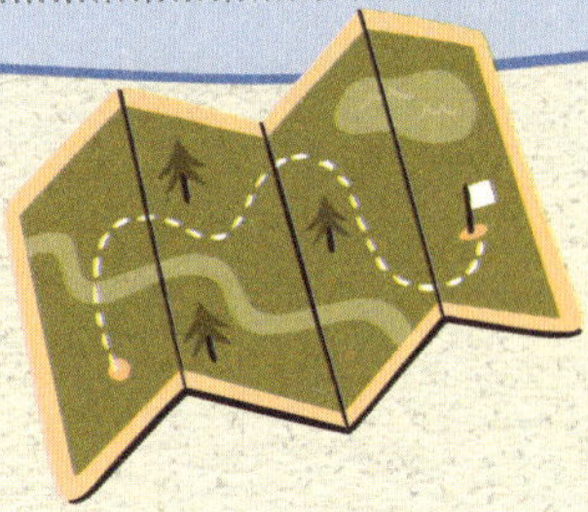

Les procédés d'écriture du récit d'aventures

Titre : ....

Autrice/auteur : ....

coup de cœur

Récit d'aventures

Aide Alice à retrouver le lapin grâce aux verbes de mouvement. Attention aux pièges !

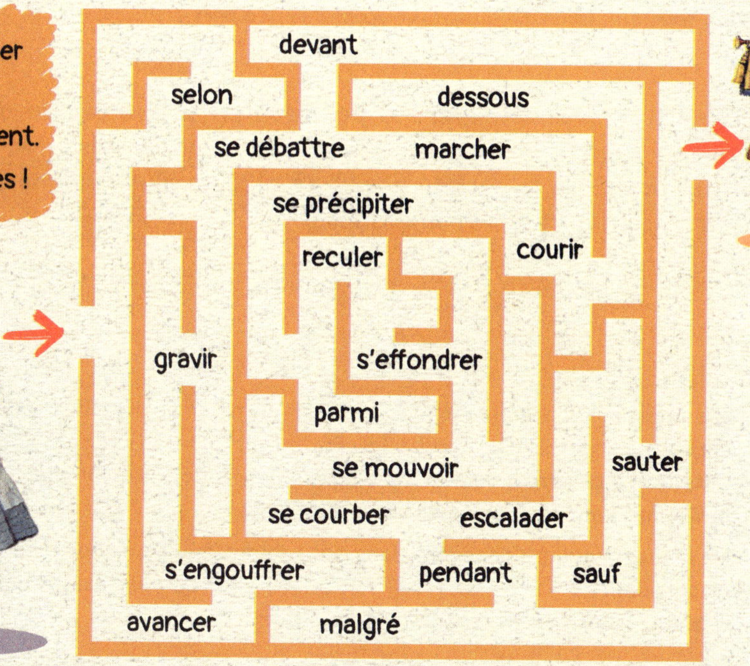

Choisis des phrases du livre qui expriment l'aventure !

Le XXIe siècle

2002 *35 kilos d'espoir* Anna Gavalda

2002 *Les Enfants d'Athéna* Évelyne Brisou-Pellen

2002 *La Petite Fille au ballon* Banksy (street art)

2004 *Les Tulipes de Shangri-La* Yayoï Kusama (sculpture)

2007 *Céleste, ma planète* Timothée de Fombelle

2008 *Le Petit Prince* Joann Sfar (BD)

2009 *La Rivière à l'envers, « Hannah »* Jean-Claude Mourlevat

2010 *Alice au pays des merveilles* Tim Burton (film)

Le début du XXIe siècle est marqué par l'évolution très rapide du numérique et la généralisation de l'accès à internet. Confrontée à des défis climatiques, la société prend de plus en plus conscience de l'importance de préserver la planète.

Engagement et littérature jeunesse

* Les romans de littérature jeunesse n'hésitent pas à aborder des sujets complexes et engagés. **Timothée de Fombelle** centre l'intrigue de ses romans *Tobie Lolness* ou *Céleste, ma planète* autour de l'écologie. **Marie-Aude Murail** aborde la question des problèmes familiaux dans *Sauveur et fils*.
* De grands auteurs s'engagent dans des œuvres pédagogiques pour lutter contre les discriminations. **Tahar Ben Jelloun** publie ainsi *Le Racisme expliqué à ma fille* ou **Marie Desplechin** *Ta race ! Moi et les autres*.

Adaptations et réécritures

* Les dramaturges s'inspirent des contes traditionnels et les adaptent à la scène. **Joël Pommerat** a ainsi adapté *Le Petit Chaperon rouge*, *Pinocchio* et *Cendrillon*. Le conte des frères Grimm, « Hänsel et Gretel », inspire **Alice Zeniter**. **Catherine Anne** signe *Une petite sirène*.
* Les auteurs de bande dessinée ne sont pas en reste : **Joann Sfar** publie sa version du *Petit Prince* de Saint-Exupéry. Les deux tomes de *La Rivière à l'envers* de Jean-Claude Mourlevat sont transformés en BD par **Max L'Hermenier**, **Djet** et **Parada**...
* **Claude Barras** et **Céline Sciamma** adaptent le roman de Gilles Paris *Ma vie de courgette* (2016). Les personnages sont des marionnettes animées, image par image, grâce à la technique du *stop motion*.

XXIe SIÈCLE

2011	2013	2014	2016	2021	2022	2024	2025
Cendrillon Joël Pommerat (théâtre)	*Veilles et merveilles créoles* Patrick Chamoiseau	*Les Cahiers d'Esther* Riad Sattouf (BD)	*L'Arbre à poèmes* Abdellatif Laâbi	*La Traversée* Florence Miailhe (film)	*Le Pharaon, le Sauvage et la Princesse* Michel Ocelot (film)	*Le Fantôme de Suzanne Fougères* Marie Desplechin	*Impossibles créatures* Katherine Rundell

L'âge d'or des mangas

* Les mangas excellent dans l'art de maintenir le suspense. *L'Atelier des sorciers* de **Kamome Shirahama**, *The Promised Neverland* de **Kaiu Shirai** et **Posuka Demizu** ou *One Piece* d'**Eiichiro Oda** mettent en scène des adolescents auxquels les lecteurs peuvent facilement s'identifier, même s'ils évoluent dans des mondes imaginaires.

Lire autrement

* Le développement des podcasts en ligne incitent les maisons d'éditions à sortir des ouvrages audios. Les comédiens de la **Comédie française** ont ainsi enregistré l'intégralité des *Fables* de Jean de La Fontaine pour son 400e anniversaire. La mise en voix des textes, l'oralité, l'écoute, redeviennent des moyens de partager la littérature.

La bande dessinée et le manga

Thèmes évoqués

....

....

....

....

Autrices/auteurs

....

....

....

....

Lexique spécifique à la BD

La composition

Angles de vue

Cadrage de l'image